ALMA SUSPENSA

O POEMAR DE UM ANGOLANO

PEDRO LUIS NGUVULO

Editora InVerso

® 2022. Editora Inverso

R. Doutor Goulin, 1523 Alto da Glória
CEP 80040-280 Curitiba-PR
(41) 3254-1616 e (41) 3558-8001
editorainverso@editorainverso.com.br
www.editorainverso.com.br
Facebook.com/editorainverso
Instagram @editorainverso

COORDENAÇÃO EDITORIAL
Cristina Jones
Editora InVerso

CAPA, PROJETO GRÁFICO, DESIGN E DIREÇÃO DE ARTE
Adriane Baldini

REVISÃO
Carlos W. Jorge

DADOS INTERNACIONAIS DE CATALOGAÇÃO NA PUBLICAÇÃO (CIP)
Mona Youssef Hammoud – CRB/ 9ª 1393

N576a

NGUVULO, Pedro Luis. **Alma suspensa: o poemar de um angolano.** Curitiba. Ed. InVerso, 2022
58 p. 15 x 18 cm – PTBR

ISBN: 978-65-89851-99-8

1. Poesia. 2. Poemas. 3. Reflexão revolucionária. 4. Amor. 5. Liberdade. I. Título

CDD: 869.91

Poesia: 869.91

Ao Yuri e ao Victor, que são o centro do meu universo.

À Claudinha da Gávea, pelos anos de união, dedicação e meu amor eterno. Porque o amor pode estar ferido, mas permanece sempre em nós.

À senhora Isabel, minha querida e sofredora mãe, e à memória dos meus queridos avós e do meu pai. E em especial à memória da minha querida Miloca, que partiu muito cedo. A tua memória viverá para sempre no meu coração.

Aos companheiros e colegas do Instituto Politécnico Inti Peredo, e os da Esbec nº47, Leovigildo Ramirez Baptista, na Ilha da Juventude, em Cuba, pela vossa irmandade, solidariedade, anos de convívio e a memória daqueles que já partiram. Vocês foram os inspiradores desta obra.

Agradecimentos à Editora InVerso, em especial à Cristina Jones, por seu empenho e dedicação, e a sua paixão pela obra.

ÁFRICA

Não me perguntes quem sou,
sou aquele de boca resgatada nos gritos de desespero,
de olhos ressequidos de tanto regar a terra.

Sou o vento ondulado das dunas do deserto,
bailando no sussurro da noite.

Sou a pedra lançada na areia do Saara,
queimando o corpo e a alma na fogueira do meio-dia.

Não me perguntes quem sou!
Sou o negro de Soweto que cruza descalço
os bairros escuros dos sem direitos.

Sou a estrela errante que atravessa céus e mares,
no encontro do horizonte,
sou ainda a flor germinante na noite quente dos trópicos.

E nada mais me perguntes!
Sou a tua África.
Nascendo e crescendo,
desafiando os homens e o tempo.

Ned-Lay
Isla de la Juventud, Cuba
16/5/1987

AMOR SUPLICANTE

Ainda que o tempo nos delimite o espaço,
Ainda que os homens nos detenham o caminho,
Te amarei.

Ainda que duvides da grandeza desta paixão,
Ainda que refutes este sublime amor,
Ainda que o ódio se aposse de ti,
Te amarei.

Ainda que tenha que carregar com o peso da humilhação,
Ainda que me peçam olvidar-te,
Ainda que me forcem renunciar-te,
Te amarei.

Ainda que tenha que amar-te em silêncio,
Ainda que a distância nos separe,
Te amarei.

Te amarei com mesmo fulgor dos teus olhos,
Te amarei com a mesma dimensão do teu sorriso,
Te amarei sempre.

Ned-Lay
Isla de la Juventud, Cuba
20/2/1990

CORAGEM

Coragem...
coragem no homem que salta da janela,
derramando o sangue no tiroteio da noite,
porque dela será a paz e tranquilidade.

Coragem no homem,
que cava trincheira pedra após pedra,
porque há de sobreviver.

Coragem no homem!
Coragem na mulher que cava a terra,
porque há de semear.

Coragem no choro da criança,
que corre para a escola,
porque dele será o futuro.

Coragem nos rios,
que correm vermelhos de sangue,
porque deles será o azul da harmonia.

Coragem no céu carregado de abutres,
porque dele será o céu azul das andorinhas.

Coragem...
Intrépidos, vós que semeais a semente da vitória.

Coragem, filhos da Pátria!
Vós que edificais esta Angola,
monumento de África.

Ned-Lay
Isla de la Juventud, Cuba
6/3/88

SEM TÍTULO

Passos largos irrompem na noite,
Olhares firmes, braços fortes,
Vencem o medo

Armas na mão,
Empunhando sabres e pesadas mochilas sobre o dorso,

São os homens apostados na vitória do Cunene,
Sobre os corvos do além-matagal

São os homens que semeiam a semente da Liberdade,

E avançam,
Impetuosamente na noite escura e traiçoeira,

Mas que clareia no horizonte,
a certeza de um eterno amanhecer.

Ned-Lay
Isla de la Juventud, Cuba
7/12/87

HASTA LA VICTORIA SIEMPRE

Fue en aquella triste población llamada La Higuera,
dónde retumbó tu último grito
de Guerra y de Victoria

Dónde las manos sanguinarias,
temblando de tu grito
te traicionaran ante la muerte,

Estos mismos hombres por quién luchabas
Esta misma tierra por quién defendías,

Mismo ante la fuerza de las armas,
mismo ante la cobardía de los hombres,
tu grito de Guerra y de Victoria,
ascendió en los más lejísimos horizontes de nuestro porvenir.

Fue entonces que en la Higuera,
la tierra recibió angustiosamente tu sangre.

Y las aguas del Nhancahuazu
corrieron en estruendosas olas,
para te acompañaren en aquella eterna marcha.

El sol y las nubes brillaron más y más,
para decirte adiós Guevara.

Y nosotros decimos que no!
no caístes gigante de certeza,
no se calló tu grito de Guerra y de Victoria,

Nuevos gritos resuenan
en Nicaragua, Chile,
El Salvador...

Y en cada grito renace tu pujante fuerza,
que alimenta la vitalidad.

Y en cada hora, Escambray e Sierra Maestra,
claman bien alto tu nombre,
desde la Patagonia hasta los Andes.

Si...
Diremos apenas si,
que sigues cabalgando como tu mismo lo dijiste:
HASTA LA VICTORIA SIEMPRE.

Ned-Lay
Isla de la Juventud, Cuba
15/10/1987

KUITO

O sonho vislumbra o horizonte,
E a vida renasce em cada homem,

O sonho de ver as espadas transformadas em arados.

Mas o sonho não morreu,
E a liberdade já clareia no horizonte,
E a esperança já alimenta os nossos anseios.

Parece que África vai registar outra história,
Sim. História antes de Kuito Kwanavale e depois de Kuito Kwanavale.

Os homens já preparam batuques,
E as mulheres, fogueiras para o grande jango da VITÓRIA.

Os poetas já cantam versos,
E em cada rosto vê-se o suspiro pela vida,
O riso das crianças, a juventude nos velhos,
E o amor nos soldados.

Até os rios já correm azulados,
Vulcanizando brancas espumas,
Ah, como correram vermelhos

Ned-Lay
Cuba
1989

MÃE ÁFRICA

Para que chorar mãe África!
Não!
Não me peças lágrimas, nem batuques
para acompanhar os teus filhos.

Não!
Não me peças flores para enfeitar
a terra onde jazem os teus filhos,
meus irmãos.

Não!
Não batizes mais a tua alma
no sangue da tua inocência,
nem glorifiques o teu nome nos altares.

Ergue-te firme mãe África!
caminhe o mundo e descubra a tua própria história.

Dê-nos...
o pouco do teu leite

do teu suor e das tuas lágrimas
nesta luta da nossa reafirmação.

Para que amanhã te vistas de branco
como o branco do algodão
e caminhes livre na tua própria África
do Saara ao Cabo.

Não peças clemência
que venham eles pedirem-te perdão
da tua violação.

Não peças clemência,
vem comigo mãe
e escrevemos a nossa própria história
história de ti, história de nós mesmos.

Ned Lay
Isla de la Juventud, Cuba
8/10/1987

NETO

Não porque hajas morto
Deixaste de criar,

Não porque o vento dissipe a tua voz,
Nos impeça de ouvir os teus ensinamentos,

Não porque descanses eternamente,
Nos hajas abandonado neste longo caminho,

Não, gigante de certeza!
Mesmo diante da força da terra,
Mesmo diante do trovar da chuva, a tua voz ribomba bem alto,
E traz-nos a força e a coragem neste longo caminho.

E caminhamos;

Seguindo os teus passos largos como da gazela,
Desbravando a terra,
Profanando a floresta,

Criando amor e paz,
Criando homem novo,

Esmagando olho por olho, dente por dente,
Aqueles que nos impeçam caminhar.

E caminhamos;

Na floresta,
No rio,
No pântano,

Sob a tua voz que clama no alto da Leba.

E caminhamos de Cabinda ao Cunene,
Com o peso das nossas derrotas,
Mas com a certeza nos olhos secos,
De um dia clamarmos:
VENCEREMOS.

Ned-Lay
Cuba
20/11/1987

POEMA PARA TI

Pudesse eu nestas horas cálidas e
de tanta solidão
transbordar este mar que nos dividiu
no tempo e espaço

E sentar-me junto de ti,
de ti mulher que cantas às estrelas
para adormecer o filho à sombra de luar

De ti mãe!
Que choras o filho que tombou na frente de combate

E poder então escrever o vosso poema
um poema escrito com letras de ouro
brilhante como o suor dos vossos rostos
e tão forte como sois vós

Um poema que seja o vosso canto da liberdade
um poema que seja a Internacional da vossa marcha
um poema à altura da vossa bandeira

Mas que tristeza!
Não posso escrever o vosso poema
com que versos o poderia escrever
um poema tão sublime à altura da vossa grandeza

Não posso escrever o vosso poema

Direi apenas sim ao mundo
que o vosso poema é tudo o que vemos
e ouvimos nos recantos escuros onde vós murmurais:

A Vitória é nossa!

Ned-Lay
02/01/88
Isla de la Juventud

NOSTALGIA

Caminho o mundo que me circunda
E só percebo a imutabilidade das coisas,

Caminho as ruas de Nova Gerona
Em noites sabatinas,
Mas só percebo miradas atónitas de gente
que busca o bulício e o fulgor do Caribe,

Perdi a sensibilidade!
Perdi a percepção da vida
Perdi-me eu mesmo,

Procuro o amparo das planícies,
Mas encontro a natureza matizada de verde,
Verde de pinus, verde de campos,
que se perdem além no horizonte,

Procuro a pujança dos homens,
O riso das crianças e o calor da juventude,
Mas encontro rostos marcados pelo tempo,
E vozes angustiosas clamando regresso.

Busco o afeto da rapariga perdida nas saudades da terra,
da rapariga dos meus sonhos,
Mas encontro olhares indiferentes,
da rapariga distorcida pelo tempo,
Perdeu a paixão e agora vende-se.

Clamo regresso,
Mas encontro tempo transpondo montanhas,
Oceano delimitando-me a terra,

Sinto nostalgia!
dos sábados das matinés,
dos domingos de multidões,
das escondidas nos campos de milho
Nostalgia de mim mesmo, eu ontem.

Grito pelos campos abandonados depois da colheita,
Mas só responde-me o silêncio eterno da natureza,
E o sussurro das árvores.

Grito Socorro!
Mas todos me respondem em rítmica melodia:
Luchar hermano
Luchar siempre.

Ned-Lay
Isla de la Juventud, Cuba
17/12/1989

PALESTINA

Eu vejo-te,
Ainda adolescente,
Ainda flor da mocidade,
Ainda porvir.

Mas carregado de valor,
Firmeza de herói,
Correndo entre chuva de gás e coronhadas.

Eu vejo-te, com olhos lacrimejantes
Pedra na mão teu último fuzil,
Avançando entre a morte e a liberdade,
Na terra queimada pelo terror dos séculos.

Eu vejo-te,
Mulher do Gaza, da Cisjordânia,
Eu vejo-te mulher Palestina,

Vejo-te,
Avançando com o amor de mãe Pátria,
Dando uma lição de tenacidade,

Eu vejo-te,
Erguendo-se como um vulcão,
E tenho a certeza de que a erupção será inevitável.

Ned-Lay
Cuba
24/4/1988

AMAR UMA IMAGEM

Fantasiei-te na mente
amei-te no abstrato,
adorei tua imagem.

Entreguei-me de corpo e alma,
imaginei-me teu nos meus braços

Tudo fiz para te agradar
cantei-te versos de amor,
dei-te lembranças e até mesmo me embriaguei.

Tudo fiz para te comprazer,
até mesmo meu orgulho renunciei
toda minha ânsia, todo meu ser,
toda a razão da minha existência.

Sim!
também me prometeste
todo o teu encanto,
toda a tua beleza,
toda a força da tua paixão.

E a ânsia de prender-te nos meus braços
cresceu.

Tentei recuar,
mas prendeste-me infinitamente,
e cedi com medo de incerteza.

Mas hoje descobri-me a mim mesmo,
descobri entre a certeza e a dúvida
de ter-te amado.

Mas também descobri que ninguém
Te amou demais com tanta força como eu,
naquele infinito espaço de tempo.

Ned-Lay
Luanda
27/01/90

VEM

É para ti,
este meu canto,
este verso, esta poesia que há em mim.

É para ti...
este meu sorriso contagiante,
para eletrizar teu corpo moreno,
e brilhar a luz dos teus olhos.

É para ti...
é para ti também esta música,
gravada no meu peito,
para cantares na noite de luar as estrelas,
teus sonhos de amor e paixão.

Não te afundes na almofada da tua cabeceira,
não mergulhes no mar da solidão,
não te afogues no pranto.

Não mates este amor que há dentro de ti,
não deixes adormecer este sonho de paixão,
não deixe a dúvida se apossar de ti.

Vem a mim,
segredar-me nos ouvidos a tua dor,
a tristeza de chorar por este amor,
que quebrou a tua virgindade.

Vem a mim,
dar-te-ei toda a minha razão de ser,
ativar a chama que levas dentro de ti,

Dar-te-ei...
o amor que procuras,
os beijos que não trocaste,

Devolver-te-ei a força da paixão,
e a certeza dos sonhos que sempre tiveste.

Ned-Lay
Luanda
6/2/94

GRITO DE PAZ

Atónito e melancólico
vejo a luta árdua no seu íntimo,
entre o ser e o querer do drama
que lhes legou a vida dos homens
na filosofia abstrata das palavras.

Eis que me reconheço a mim mesmo também,
e vejo a alma mutilada da vida pejorativa
que nos impingiram.

Vejo além...
e descubro quão triste é a vida,
o drama horripilante dos homens
na luta pela sobrevivência.

Uns andam aos trambolhões,
pelo excesso de álcool,
outros suplicam aos deuses sua angústia na terra.

Ao passarem por uma igreja rezam no íntimo,
com medo de blasfemar:
Pai nosso que estás no céu, dê-nos a paz
na terra e angústia no paraíso.

Não confessam seus pecados e pesares,
perderam a fé, a crença e a esperança.

Não veem seus dias de glória,
nem creem na reviravolta da vida,
vivem ofuscados pelo espectro da Guerra.

Fecho os olhos com medo de perceber
a imutabilidade das coisas,
apraz-me renunciar à minha existência.

E quando chega a noite,
também procuro o meu lugar,
a razão da minha existência.

Mas vejo-me na periferia, fechado no quarto,
o olhar fixo na luz do florescente,
a alma entregue no vazio.

Eis que me reconheço a mim mesmo,
sem alma, sem vida, sem rumo,
com a tristeza de nada poder fazer.

Afinal,
também sou aquele que procura
um recanto de paz,
uma mão de misericórdia,
o meu grito de paz.

Ned-Lay
Luanda
13/7/91

PERGUNTEM

O sol no horizonte lança os raios de fogo,
e a vida começa com a luta pela sobrevivência,
correm mulheres de cestos para as quitandas,
correm os homens de táxis ambulantes que
rangem pelo excesso de peso nas molas.

Todos correm...
Desde o garoto engraxando os sapatos
na paragem dos táxis, mostrando o brilho
da pomada no reflexo dos raios de sol,
na esperança de cobrar cem kuanzas.

Aquela criança que grita nos semáforos
seu grito de vida: Jornal de Angola!
compra mano. É cem kuanzas.

Veem-se rostos distorcidos pela angústia da vida,
são jovens/homens que pululam nas ruas,
os rostos mal cobertos e empoeirados no pedaço
de fardamento que lhes cobre,
atravessam as ruas de muletas em busca de vida.

Correm também crianças alegres,
com mochilas tiradas ao colo,
caminham à escola esperançados no futuro,
veem-se-lhes a certeza nos olhos, o riso nos lábios
e a confiança no futuro.

Todos correm...
Mas para onde? — interroga-se o cooperante,
que esconde os olhos atrás de óculos escuros,
passeia numa displicência como europeu pelas
artérias da cidade.

Pergunte àquela mulher que leva consigo
a insónia da noite,
de tanto pensar na impossibilidade da vida.

Pergunte àquele homem tropeçando na rua,
no excesso de caporroto que lhe queima a alma,
para ao menos esquecer a angústia desta vida sem vida.
Pergunte àquela velha sentada na esquina,
estendendo a mão a cada peão que cruza,
na esperança de uma oferta de graça.

Desça ao Roque
desça aos congolenses,
Desça a...
aliás, desça a cada esquina e pergunte,
na multidão que se vende e compra a cada
hora, minutos e segundos.

Copo de água cem,
aspirina quinhentos,
pão quinhentos...
chega mano! Não tenhas medo.
A vida é viver e morrer; morres e também podes matar.

Tudo se vende...
O amor, sexo, amizade e a saúde humana.

E quando o sol desaparece no horizonte,
parece que a vida renasce em cada homem,
mas em cada esquina da rua acendem-se candeeiros a petróleo,
para consumar o excedente das quitandas.

Veem-se rostos com olhares fixos à luz dos candeeiros,
chega mano! Aqui comes e bebes.
convidam elas para "matar".[1]

Ned-Lay
Luanda
7/5/1991

1 Gíria angolana para "faturar".

NATAL

É natal,
E a música e festa juntam-se no elo de amizade e fraternidade,
Os presentes vão passando de mão e mão.

O tempo passa voando,
Os homens correm apressados,
Ora comprando, ora vendendo,

É natal,
e nesta época do ano,
O amor e amizade entrelaçando-se mutuamente,

Tudo, e todos correm contra o tempo,
Os homens de táxis velozes,
As mulheres carregam pesados cestos sobre as cabeças,
Vão correndo para os mercados de Luanda.

Acontece, porém, que,
Eu que perdi a noção do tempo e das coisas e
Embrulhado nos meus próprios problemas de existência,
Fico a olhar a amálgama da gente que sobe e desce,
Fico a olhar para os táxis que param aqui e arrancam acolá,
Indiferente ao tempo e aos homens
Indiferente a tudo.

Mas passará o natal
e tudo voltará então como antes.

Ned-Lay
Luanda
12/12/98

POEMA SEM TÍTULO

Por que me cativas nesta palavra mágica,
que os homens dizem amor?
Por que não olvidar-te?

Eu queria amor;

Queria estar junto de ti nesta hora de vazio,
queria segredar-te nos ouvidos
a angústia da nossa separação.

Eu queria amor;

Queria ser sua onda para flutuares,
nas "Playas del Este";
queria ser o teu "rizado de chocolate",
para te refrescar na noite quente de verão.

Eu queria amor,

Eis o meu desejo que me consome nesta solidão,
a minha ânsia de prender-te nos meus braços,
perder-me na fúria dos teus desejos,
percorrer o matagal virgem dos teus cabelos.

Há! solo se hace camino al andar.
Por isso ainda que o Atlântico nos separe,
ainda que os homens criem fronteiras,
ainda que o tempo nos divida o espaço,
eu te amarei mulata del Caribe.

Recordo com saudades...
as noites buliçosas de Charanga, e do Prado,
desaguando no Malecón.

Nos meus olhos vejo a noite colorida de bengalas,
nos meus ouvidos ouço sons de tambor,
rasgando a noite de Carnaval,
nos meus sonhos vejo então você vestida de tanga,
correndo atrás de carroças e comparsas.

Eu queria amor,

Mas eu queria esquecer,
tudo que eu vejo é penumbra,
tudo que eu sinto é melancolia,
tudo quanto aspiro é sonho de uma linda criança.

Mas eu também queria amor,
deixar-te esta mensagem gravada no teu coração,
como elo de amizade e fraternidade que nos une,
como prova do nosso sublime amor:
— Yo te amaré, mulata del Caribe,
porque el amor no conoce fronteras.

Ned-Lay
Luanda
22/4/91

TERRA MORIBUNDA

Terra longínqua e distante,
Dilacerada e abandonada, mas que os homens
Ainda chamam terra de esperança,

Terra rica e formosa,
Vergastada e pulverizada,
Sofre caladamente no murmúrio das águas agitadas do Kuanza.

Formosa na majestade da Palanca Negra,
Na indomitabilidade do Kuanza,
No verde da esperança do Maiombe,
No brilho cristalizante das Pedras do Kuango,
Na frescura da sombra e da seiva refrescante do Imbondeiro.

Formosa e rica,
Ensanguentada e adiada,
Mas que os homens ainda chamam terra do futuro.

Stop!
Não mais estas esperanças moribundas,
As promessas vagas diluídas no tempo e espaço,
E abandonadas no tempo,

Libertem o homem das cadeias da ignorância e da letargia,
Força compelidora da ação vigorosa dos homens,
Para que juntos marchemos na reconquista dos nossos anseios,

Libertem a terra das minas e bombas,
E devolvamo-la ao homem para a cultivar,

Libertem o homem da mendicidade,
Das injustiças abrigadas no seu peito,
E devolvamos-lhe a paz, a justiça, a dignidade
E a concórdia entre todos os homens.

Ned-Lay
Luanda
21/1/99

UMA VIDA IGUAL

Eis que aqui me encontro outra vez,
Corpo inerte, coração descompassado,
O presente incongruente e o futuro nublado,
Nada se vislumbra no horizonte e
Tudo parece mais escuro do que a própria noite.

Não mais grito a minha ansiedade para não perturbar ninguém,
Não mais quero ouvir canções tristes de amor,
Nem mesmo escrever poesia triste da vida,

A própria existência pendente na encruzilhada,
A alma moribunda, a ação vigorosa adiada,
E a vida sem norte nem sul.

Encerrado na minha angústia, não mais suplico por ela
Não mais choro desta indiferença dela,
Esgotaram-se as lágrimas com que derramava nas noites de solidão,

Nem sorrisos, nem lamentos,
Nem nostalgia, nem recordações,
Nada.

Nem mais religião para me sedar,
Nem amor, nem mesmo álcool
Para me anestesiar,

Em que ruas e bairros da cidade
Cantaria as minhas noites de insónia e melancolia?
Quão além, homens, mulheres e crianças,
Acampados, esperam infinitamente pelo fim
Das trovoadas e cataclismos.

Ned-Lay
Luanda
6/2/99

AMOR PROHIBIDO

No sé como llamarte pero,
solo te pido que no me olvides

Aunque el nuestro sea prohibido,
aunque sea contra la razón
aunque el tiempo nos separe,
solo te pido que no me olvides amor.

Si!
Aunque la propia naturaleza no nos deje amar,
aunque el tiempo sea corto,
pero yo te amaré dentro de mi.

Llevaré dentro de mi,
tus caricias, tus besos, tus miradas
y tus sonrisas.

49

Llevaré también el recuerdo de tus regalos,
la furia insaciable de tus deseos,
y las noches locas que pasamos.

Aunque sepas que estás con otro amor,
aunque el mundo te caya arriba,
aunque los hombres nos condenen,
solo te pido que no me olvides amor.

No me pidas olvidarte amor,
aunque nunca vuelvas yo te llevaré dentro
de mi hasta el final de mi existencia.

(Poema dedicado a una mujer latina.)
Ned-Lay
Londres
27/8/94

ATÉ QUANDO?

Resignado,
depauperado e reduzido a nada,
o homem exclama na calada da noite:
Até quando a minha alma suspensa?

Vinte e quatro horas de insónia,
cansado de meditar na angústia da vida,

Como ele são milhões,
sem meta, sem esperança na sua própria terra,
atrofiados pela guerra sobrevivem,

Tudo têm feito no desespero da vida,
apunhalam-se uns aos outros,
e matam a ansiedade nas praças da vida,

Negociam todos os dias,
semanas e meses na esperança da paz,

Outros tombam e mutilam-se,
a cada hora, minuto e segundos nos campos de batalha,

Até quando?
— Vós que arruinais a nossa Pátria,
— Vós que angustiais o nosso povo,
— Vós que sacrificais os nossos irmãos.

Também vós
— Que cobiçais as nossas riquezas
— Que consentis e calais,

Até quando?

Ned-Lay
Londres
8/7/94

INÉRCIA

O tempo suspenso, a alma na expectativa,
a própria vida desorientada,
tudo parece estagnado.

Aqui estamos!
sem rumo, sem meta, entregues ao acaso.

Fingimos viver, quando somente cumprimos os nossos dias,
fingimos gozar, quando embriagamos as mentes para não
passarmos despercebidos.

Todas as manhãs são iguais,
largas horas encerrados no quarto e lá fora o frio consumindo,
os homens apressando os passos por causa da chuva.

Todas as noites são as mesmas,
de solidão, de vazio e de incerteza ao amanhecer.
Não se vislumbra no horizonte nenhuma mudança da vida,
tudo parece mais difícil, até a própria existência.

Será que este é o limite da vida?

Cada dia nos voltamos mais aos ritmos afro-latinos,
em busca de alento e revigoramento.
Contamos sempre as mesmas histórias,
lembranças e saudades da terra.

Ned-Lay
Londres
16/3/96

O IRREAL

E agora que estou aqui
o que é que eu faço?

Assim meditava no íntimo,
o homem que abrigou-se
no velho continente.

Tudo deixou para trás,
até a pátria que o viu nascer.

Sonhou com as estrelas,
mas confundiu-se no tempo
e espaço, e agora canta o seu pesar.

Todos os dias subimos e descemos
os tapetes rolantes,
em Bank, Victoria, Oxford...
em busca dos "employment".

Todas as semanas assinamos
nos "post offices" para sobreviver,
e todos os semestres visitamos
o "home office", para registarmos a nossa existência.

Somos centenas,
falamos todas as línguas,
viemos de África, Ásia, América
e do Caribe em busca de (abrigo).

Todos os dias aprendemos novas palavras,
"please", "sorry", e matamos a nossa
ansiedade nos pubs.

Ninguém sabe quando regressa,
pode ser hoje, pode ser amanhã,
ou pulamos para outro planeta,
sempre em busca do irreal.

Ned-Lay
Londres
17/12/1994

NOTA SOBRE OS POEMAS

A minha trajetória no mundo da poesia começou na Ilha da Juventude, em Cuba. Os primeiros poemas foram escritos em Cuba. Regressando a Angola, continuei a escrever poesia. E nos primeiros anos em Londres também escrevi alguns poemas. Os poemas escritos em Cuba obviamente narram o período estudantil naquele país, e consequentemente refletem esse período revolucionário e do internacionalismo cubano.

Os poemas escritos em Angola refletem o encontro com a realidade sociopolítica e cultural do país naquele período; caracterizado por uma guerra civil devastadora e uma pobreza extrema.

Creio que continuei a me inspirar nessa realidade caracterizada pela Guerra, sofrimento e os problemas decorrentes do quotidiano dos angolanos nessa época. Com o meu regresso a Angola, termina a minha poesia revolucionária.

Os poemas escritos em Londres continuam com essa mesma narrativa, e em certa medida, a minha experiência pessoal e dos demais imigrantes em Londres.

Em cada época ou período em que foram escritos, houve sempre espaço para poemas de amor. Afinal de contas, mesmo em tempos de Guerra e dificuldades, o espírito humano tem sempre capacidade para amor e amar.

O poema "Nostalgia" (17/12/89) marcou uma viragem na escrita da minha poesia.

Em 1989, fui outorgado com certificado de reconhecimento na categoria de poesia, pela Direção Municipal de Cultura da Ilha da Juventude, Cuba, no III Encontro de Escritores Vocacionados Estrangeiros realizado naquele ano.

Pelo autor,

Pedro Luis Nguvulo (Ned-Lay)

Londres, 22 de fevereiro de 2022.

LEIA TAMBÉM, DA EDITORA INVERSO

A VÉSPERA ACESA |
LA VÍSPERA ENCENDIDA
Livro Bilíngue português-espanhol

Clássico do autor paraguaio Juan Manuel Marcos, "poeta social e do amor", *A véspera acesa* é um relato poético experimental de um fragmento da Guerra do Chaco (1932-35), uma das mais sangrentas da América Latina no século XX.

Tendo como pano de fundo a mais cruel das realidades, *A véspera acesa* é um irrevogável testemunho do poder da palavra.

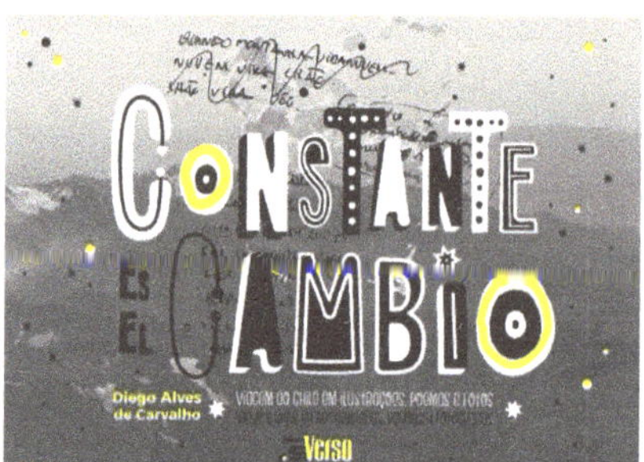

CONSTANTE ES EL CAMBIO

O Chile é um dos países latino-americanos mais conhecidos pelas suas paisagens belíssimas, como as inúmeras cordilheiras. Além disso, é marcado por uma história de resistência política, refletida diretamente na cultura do povo chileno. Assim, Diego Carvalho embarca na imensidão de elementos artísticos presentes nas ruas do Chile e, com um olhar poético, fotografa a minuciosidade cultural em cada cantinho das cidades. Para completar, presenteia o leitor com poemas criados por ele diante da dimensão chilena e das reflexões proporcionadas por ela. Conheça *Constante es el cambio* e se apaixone pela possibilidade de conhecer os detalhes de outro país a partir de um livro!